José Jackson Veyán

La perra de mi mujer

José Jackson Veyán

La perra de mi mujer

Reimpresión del original, primera publicación en 1878.

1ª edición 2024 | ISBN: 978-3-36805-164-8

Verlag (Editorial): Outlook Verlag GmbH, Zeilweg 44, 60439 Frankfurt, Deutschland
Vertretungsberechtigt (Representante autorizado): E. Roepke, Zeilweg 44, 60439 Frankfurt, Deutschland
Druck (Imprenta): Books on Demand GmbH, In de Tarpen 42, 22848 Norderstedt, Deutschland

LA PERRA DE MI MUJER,

JUGUETE CÓMICO

EN UN ACTO Y EN VERSO,

ORIGINAL DE

DON JOSÉ JACKSON VEYAN.

Estrenada con gran éxito en el Teatro MARTIN la noche del 16 de Setiembre de 1878.

~~~~~~~~~

MADRID.
IMPRENTA DE JOSÉ RODRIGUEZ.—CALVARIO, 18.
1878.

LA PERRA DE MI MUJER.

OBRAS DEL MISMO AUTOR.

NO DRAMÁTICAS.

PERSONAJES.	ACTORES.
DOÑA MAGDALENA..............	SRA. RODRIGUEZ.
INÉS........................	SRTA. GRAJALES.
ANTONIA.....................	SRTA. CUESTA.
DON PIO.....................	SR. ALBA.
LESMES......................	GARCÍA (E.).
LEANDRO....................	COSTA.

La accion en Madrid.

Á MI QUERIDO AMIGO

JUAN SEVILLANO.

Á tí, el rico propietario, el abogado presente, el diputado próximo y el ministro futuro, dedico este juguete como prueba de leal afecto y franca amistad.

Acaso mañana, cuando surques viento en popa el mar de la política, y arribes al deseado puerto, no te acuerdes de este pobre náufrago de la borrasca literaria.

Poco vale *La Perra* que tengo el honor de dedicarte, sin embargo, cuídala como cosa mia y échale un hueso de cuando en cuando.

El público la ha juzgado favorablemente, recíbela tú con iguales muestras de simpatías, y no le juegues una *perrada* á tu amigo, que te aprecia con la lealtad de un *perro*.

JOSÉ JACKSON.

ACTO ÚNICO.

Sala decentemente amueblada. Puertas laterales y al foro. 🄰

ESCENA PRIMERA.

Aparecen D. PÍO, INÉS y ANTÓNIA. Los dos primeros sentados. Pausa larga y asoma la cabeza DOÑA MAGDALENA, por la primera izquierda. Todos se asustan. Pío se encierra en la primera derecha, Inés en la segunda derecha y Antonia en la del foro. Doña Magdalena sale furiosa y zamarrea una y otra puerta.

MAGD.   ¡¡Bárbaros!! ¡Monstruos! ¡Infames!
¡Y tú, marido perverso;
si te echo encima las uñas
te he de dejar sin pellejo!
¡Estoy rabiosa!... ¿Lo entiendes?
¡Hacerme á mí estos desprecios!...
¡Á mí, que soy una malva!
¡Á mí, que tengo este genio!
¿Por qué huis de mi presencia?
¿Por qué os inspiro ese miedo?
¿No contestais?... Está bien.
¡Voy á armar el gran tiberio!...
Pero no; soy más prudente.
¡Me marcho... y ya nos veremos!
(Váse por la primera izquierda y cierra la puerta.)

ESCENA II.

Pausa. PÍO, INÉS y ANTONIA, van asomando la cabeza y
y despues de mirar á todos lados salen con precaucion.

PIO.   Se fué. (Saliendo.)
INES.   Se fué. (Id.)
ANT.   Se marchó. (Id.)
     ¡Dios santo!
INES.   ¡Dios mio!
PIO.   ¡Cielos!
ANT.   ¡Sus ojos echaban chispas!
PIO.   ¡Sus miradas echan fuego!
     Está en el último grado.
     Pero papá...
         No hay remedio.
     No pasa la cuarentena,
     de seguro, sin mordernos.
INES.   ¡Qué horror!
PIO.   Tu madre ha tenido
     siempre propension á accesos
     de furor y la hidrofobia,
     no es en ella un caso nuevo.
     La perra estaba rabiosa,
     y la mordió.
INES.   Fué en un dedo.
PIO.   No importa.
ANT.   Y, dónde estará?
PIO.   Habrá muerto como un perro...
     es decir, como una perra.
INES.   Si era un animal tan bueno...
PIO.   Al lado de tu mamá
     rabia, hija mia, un borrego.
     Ademas que si no hubiera
     rabiado como yo creo
     ya me la hubieran traido
     á casa. Son más de ciento
     los anuncios publicados,
     y tan buen hallazgo ofrezco
     que ya hubiera parecido
     si á palos no hubiera muerto.

Mira *La Correspondencia.*
(Lee.) «Doctor Garrido...» No es eso.
«Melones para colgar.»
Tampoco. Á que no lo encuentro.
«¡Pérdida! Cincuenta duros
»se le entregarán de premio
»al que presente en mi casa,
»Preciados, quince, tercero,
»la perra de mi mujer.
»Se advierte que es un recuerdo
»de familia.—Es ratonera,
»de color castaño el pelo;
»rabona; atiende por *Aida*,
»y tiene junto al pescuezo
»un lunar: otros detalles
»despues los dará su dueño.»
Me parece que el anuncio
no puede ser más concreto.

ANT. Y el ama que nada sabe.
PIO. Ni le conviene saberlo.
Tal noticia es muy posible
que le atacase los nervios,
y excitado su organismo...
¡horror! de pensarlo tiemblo.
Pronto cumplen los cuarenta
dias del triste suceso,
y no bastan precauciones
ni...

INES.   Hoy no ha venido el médico.
PIO. Don Leandro, mi buen vecino;
hombre de ciencia, y sujeto
de toda mi confianza
y mi amistad y mi aprecio.
Antonia, vé á la cocina,
pon á la lumbre un puchero
de tila, que ese va á ser
de tu señora el almuerzo.

ANT. Pues va á quedar satisfecha.
PIO. No repliques...
ANT.   Voy corriendo.
(Váse foro izquierda.)

ESCENA III.

Pío.   ¡Hija mia de mi alma,
en qué terribles momentos
ha ocurrido esta catástrofe!

Ines.   Sí, papá, ya lo estoy viendo.

Pío.   Próximo á verificarse
tu enlace, enlace soberbio,
con Lesmes, el hijo único
de un amigo verdadero
que hoy llegará de Alcalá...
Preciso es guardar silencio;
que nada sepa, hija mia.

Ines.   Sí, papá, sí, ya lo veo.

Pío.   Á las once llegará...
¡Lesmes, venturoso yerno
á quien brindo las primicias
de tu amor puro y sincero.

Ines.   Papá, si no le conozco ..

Pío.   Eso no te importa un bledo,
que despues del matrimonio
entrará el conocimiento.
Yo no conocí á tu madre
hasta el instante supremo
en que cogidos del brazo
fuimos al santo himeneo,
y ya ves tú, ni dos ángeles
nos igualan en afecto;
porque si bien ella un dia
rompió en mi frente un puchero
y otro me tiró una silla,
y otro me arañó el pescuezo...
salvo dichas excepciones
vivimos como en el cielo:
ella una santa cordera
y yo un bendito borrego.
¡Sigue, pues, por el camino
que tus padres recorrieron,
cásate pronto, hija mia,

	y mírate en nuestro espejo!
INES.	Papá, me da una vergüenza...
PIO.	¡Vergüenza, y en estos tiempos
	que no se encuentra un marido
	siquiera para un remedio!
	Cuántas en tu caso hoy dia
	bailarían de contento.
INES.	Soy tan tímida...
PIO	Es verdad.
	De tu madre fiel destello.
	Tímida (como una hiena)
	y amable... (como un becerro.)
	Las diez menos cuarto, corre,
	arréglate ese cabello...
	Ponte guapa.
INES.	Yo lo estoy
	siempre.
PIO.	Salistes en eso
	á tu padre.
INES.	¡Y sí me muerde
	mamá?
PIO.	No tengas recelo;
	de morder á álguien, de fijo
	que es á mí; mas vé con tiento,
	y si acaso se arrebata
	y le acomete el acceso,
	llama á la guardia civil...
	Cinco parejas lo ménos!
	(Á ver si me la fusilan
	y salgo de ese tormento.)
INES.	Bien: adios.
PIO.	Con tu futuro
	daré la vuelta en un vuelo.
INES.	¿Mi futuro?
PIO.	Sí, hija mia.
INES.	(Eso despues lo veremos.)
	(Váse Inés primera izquierda.)

ESCENA IV.

PÍO, solo.

¡Señor, por.qué me casé!...
¿Por qué he sido tan bolonio?...
¡Reniego del matrimonio!...
¡Señor, Señor, yo pequé!
¡Tened de mí compasion,
pues si delincuente he sido
hoy me encuentro arrepentido
con todo mi corazon!
Muéstrate justo y airado
con esa esposa soez,
y haz que rabie de una vez
por lo mucho que he rabiado.
Pero en fin, si Inés se casa
ella con Inés se irá
y libre me dejará
de este dogal que me abrasa!
¡Libre!... Libre!... Qué deleite!
Sin mi cara compañera
pasaré la vida entera
en una balsa de aceite.
¡Lesmes!... ¡Mi futuro yerno!
¡Llega pronto de Alcalá!...
¡Llega, y libértame ya
de esta mujer del infierno!
¡Mujeres!... Las más discretas
lindo pago al hombre dan...
¡Qué envidia le tengo á Adan
con sus costillas completas!

ESCENA V.

PÍO y LEANDRO, foro derecha.

LEAND.   ¡Don Pío!...
PIO.   Amigo doctor.
LEAND.   ¿Cómo sigue la señora?
PIO.   Sigue... lo mismo que siempre.

Inaguantable; furiosa.

LEAND.   El virus va germinando:
va extendiendo su ponzoña.
Ya lleva un mes con los sintomas,
terribles de la hidrofobia.

PIO.   Esos sintomas, amigo,
no son nuevos en mi esposa,
y puedo á usté asegurarle
que si la rabia denotan
mi mujer está rabiando
desde el dia de la boda.

LEAND.   Cuestion de temperamento.
Hay mujeres muy nerviosas:
muy propensas...

PIO.   ¡Muy dañinas!

LEAND.   Hay algunas...

PIO.   ¡Casi todas!
La perra no ha parecido.
Como que estaba hidrofóbica.
Yo la ví bajar echando
espumarajos su boca
y al punto subí á su casa,
suponiendo como cosa
muy posible que mordido
hubiera á alguna persona.
El deber de vecindad,
y mi profesion honrosa
de médico, me obligaban..

PIO.   Mil gracias...

LEAND.   Las gracias sobran;
mañana que á usted le dé
el tifus, viruelas locas...
Ya las pasé...
            Calenturas...
pulmonia... ó cualquier otra
enfermedad...

PIO.   ¡Muchas gracias!

LEAND.   No crea usted que es lisonja.
Y casi celebraría
que fuese muy peligrosa
su enfermedad...
            ¡Muchas gracias!

LEAND.   Para probarle en tal hora
          con mi ciencia mi amistad...

PIO.   (¡Vaya una prueba graciosa!)
          No, si yo me siento bien.
          Lo único que me incomoda
          es el temor de que rabie
          mi mujer.

LEAND.   ¿Y eso le asombra?...
          Si tal cosa sucediese...

PIO.   ¡No lo diga usted ni en broma!

LEAND.   Con una sangría suelta
          terminaba la hidrofobia.
          Es un remedio probado
          y de eficacia notoria.

PIO.   Esta claro, *muerto el perro*..
          Es decir, *muerta mi esposa*...
          ¿Y dígame usted, doctor:
          no fuera prudente ahora
          aplicarle la sangría
          ántes que en su furia loca
          rabie y me pegue un bocado?...
          ¿No es cierto?

LEAND.   ¿Y eso que importa?
          Le aplico á usté otra sangría...

PIO.   ¡Horror!

LEAND.   Y *finis coronat*.
          Fuera el mejor beneficio.
          El mal de raiz se corta.

PIO.   Lo que es con esa opinion
          la mia no se conforma.
          ¡Ahí es nada lo del ojo!...

LEAND.   Hombre...

PIO.   ¡Doblemos la hoja!

LEAND.   ¿Ella sospecha?

PIO.   No: nada,
          y es lo que más la sofoca.

LEAND.   No beber en donde beba,
          ni comer en donde coma.
          Cuidado, señor don Pío,
          que la rabia es contagiosa.

PIO.   ¡Demonio!

LEAND.   Mucho cuidado.

Pio.	¡Cuerno!
Leand.	Y manos á la obra.
	Es preciso que la vea.
Pio.	¿Y ha de ser ahora?
Leand.	Ahora.
Pio.	¡Doctor!
Leand.	No tenga usted miedo...
Pio.	¿Yo miedo?... (Hasta de mi sombra.)
Leand.	En estando yo presente.
Pio.	Está claro. ¡Antonia! ¡Antonia!
	Va usted. á verla en seguida.
	Bien: (y de paso á mi novia.)

ESCENA VI.

LOS MISMOS, ANTONIA y despues INÉS.

Pio.	Muchacha.
Ant.	¿Qué manda usted?
Pio.	Corre, avisa á la señora.
Ant.	¿Á... la... señora?... (Temblando.)
Pio.	¡No tiembles!
	Eres de lo más miedosa...
	¿No me ves á mí tranquilo?
	(Tiemblo del pelo á las botas.)
	¿Aún estás aquí, papá?
	Doctor...
Leand.	Señorita...
Pio.	¡Tonta!
	Llama á su cuarto.
	Ya voy... (Sin atreverse.)
	morderá?...
Pio.	Si acaso, en broma.
Ant.	¡Doña Magdalena!
	(Llama á la puerta. Sale Magdalena y todos retroceden.)

ESCENA VII.

LOS MISMOS, DOÑA MAGDALENA.

¿Qué?

TODOS. ¡Uy!

MAGD. ¿Quién es el que me nombra?
¿Vamos, por qué os asustais?

PIO. Por nada... querida esposa...
Es don Leandro... el vecino...
el médico...

LEAND. Sí señora.

MAGD. ¡Ay, doctor, me están matando!

LEAND. ¿Sí?

MAGD. Me van á volver loca.
No quieren hablar conmigo:
sólo de verme se asombran...
Hasta mi hija me huye...
y lo que más me incomoda
es ese...

(Señalando á Pío, que estará detrás de Leandro.)

PIO. ¿Quién?... ¿Don Leandro?

MAGD. ¡Tú, infame!

PIO. ¡Dios me socorra!

MAGD. ¡En fin, doctor, que me tratan
como á una perra rabiosa?

PIO. (Ahora vas dando en el quid.)

MAGD. ¡Ay, la soberbia me ahoga!

INES. Mamá!...

PIO. ¡Mujer!... (Tenga usted,
doctor, la lanceta pronta,
y si acaso un buen pinchazo...
¡Nada: sin misericordia!)

LEAND. ¿Á ver el pulso?... Muy bien.

MAGD. Los nervios se me alborotan,
y me baila el corazon
lo mismo que una peonza.

PIO. Antonia, un poco de tila.

ANT. Voy corriendo. (Váse foro izquierda.)

MAGD. Cosas sólidas
son las que yo necesito.
¿Verdad, doctor?... Qué congojas
me dan de debilidad.
Desde la maldita hora
en que se perdió mi perra
me parece que estoy sola
en el mundo; la quería

	tanto... Si era una persona. Hasta hace un mes que esquilándola le dí un pellizco en la cola, nunca me ha mordido, nunca. Aquí fué. (Enseïando la mano.)
LEAND.	Bien poca cosa.
MAGD.	Huyó de mí echando chispas. Nunca la ví tan furiosa.
LEAND.	Si es de ley ya volverá.
MAGD.	Ella era mi dicha toda. En todas partes la veo: por todas partes su sombra me persigue... ¡Hasta en el agua que llevar suelo á mi boca la contemplo!
PIO.	(Ap. á Leandro.) (¿Oye usted eso?)
LEAND.	(Síntomas de la hidrofobia.)
MAGD.	Hija mia... acércate... sé conmigo cariñosa.
PIO.	(Inés abraza á Magdalena.) (Doctor...)
LEAND.	(No tenga usted miedo.)
MAGD.	¡Pío!.., ¡Pío!... (Muy cariñosa.)
PIO.	(¡Dios me acoja!)
MAGD.	Ven tambien... Yo te perdono... Acércate... (Muy receloso.) ¿Me perdonas?... (Doctor, venga usted conmigo.) (Pío se acerca á Magdalena, siempre mirando á Leandro.)
MAGD.	¿En qué te ofendió tu esposa?...
PIO.	En nada.
MAGD.	¿No he sido siempre muy amable?... (Acariciándole.)
PIO.	Sí... pichona...
MAGD.	¿Te he dado un disgusto solo!...
PIO.	¡Uno... nunca!
MAGD.	Fiel paloma, de tu pasion, no arrullé tus dulces sueños de gloria? ¡Muy dulces!... (¿Qué cambio es este?) ¿No he sido siempre económica? ¿No he zurcido tus camisas?...

¿No te sacudí la ropa?...

PIO. ¡Vaya si me sacudiste!...

MAGD. No fuí siempre cariñosa?...
¡¡Pues entónces, gran tunante,
bribon!...' (Pegándole.)

PIO. (Corriendo detrás de Leandro.)
¡Estalló la bomba!...
¡No te escapes!....
¡Que me muerde!. ..
¡Doctor, por misericordia,
saque usted esa lanceta!
(Pegándole.)
¡Toma, pillo, toma, toma!

PIO. ¡Socorro!

INES. (Sujetándola.) Por Dios, mamá.

LEAND. Tenga usted calma, señora.

MAGD. Es verdad... Que un arrebato...
Pío!... Pío!... ¿Me perdonas?
Ven á mis brazos.
¡Corriendo!...
Ingrato... pronto te enojas.
Ven...

PIO. No: si tengo que hacer..
Las diez... Se pasó la hora.
Voy á esperar á don Lesmes...
¡Digo, desde aquí hasta Atocha!
Lesmes... tu futuro yerno...
Tu esposo... (Á Inés.)

PIO. (Que Dios te oiga.
Doctor, no se marche usted.)
(No hay cuidado.)
(Si se amosca,
lancetazo y al avío...
¡Aunque la mate no importa!
Yo respondo.) Vaya, adios.

MAGD. ¿Te vas?... (Muy cariñosa.)

PIO. Sí, querida esposa.

MAGD. Adios... sol.

PIO. ¡Adios... estrella!...

MAGD. ¡Adios, pichon!

PIO. ¡Adios.. mona!
(Doctor, saque usted el pincho.

por si acaso se alborota.)
(Váse foro derecha.)

ESCENA VIII.

LOS MISMOS, ménos PÍO.

LEAND.　¿Conque la niña se casa?
MAGD.　Concertada está la boda.
　　　　Inés se encuentra confórme.
　　　　Qué mujer no se conforma
　　　　con casarse?
　　　　　　　　　Al fin y al cabo
　　　　es el término que logra
　　　　la mujer en este mundo.
LEAND.　Pues, y usted se encuentra pronta
　　　　á verificar su enlace...:
　　　　Yo... pues, por seguir la moda.
　　　　Mi niña es tan obediente,
　　　　que no ha de hacer otra cosa
　　　　que lo que ordenen sus pádres.
LEAND.　Bien.
INES.　　　　La obediencia es mi norma.
MAGD.　¡Uy!... Ya me saltan los nervios.
LEAND.　¿Y la tila?...
MAGD.　　　　Si esa Antonia
　　　　es tan torpe. Voy yo misma...
INES.　¿Y me voy á quedar sola?...
MAGD.　¿Ve usted, doctor, qué inocencia?...
　　　　Vuelvo pronto; no seas tonta.
　　　　Enséñale á don Leandro
　　　　ese pañuelo que bordas
　　　　para tu futuro.
INES.　　　　　　　Bueno.
MAGD.　Es una labor preciosa.
　　　　Un ramo formando escudo,
　　　　y en medio las letras góticas.
　　　　Las iniciales del novio...
　　　　L. C. Lesmes Camorra.
　　　　Vaya, á Dios, que esa muchacha
　　　　no va á venir en tres horas.
　　　　(Váse foro izquierda.)

ESCENA IX.

INÉS y LEANDRO.

INES. ¡Leandro!... (Cambiando de tono.)

LEAND.   ¡Querida Inés!
¿Conque eres tan obediente?
Lo que es eso francamente,
ya lo veremos despues.

LEAND. Hace un mes que la ocasion
me dió la dicha no escasa
de penetrar en tu casa
en alas de mi pasion.

INES. Como eres médico...

LEAND.   Claro:
ademas, como vec no
hallo tan corto el camino
que de aquí no me separo.

INES. ¿Y la perra?

LEAND.   Está encerrada
y tan tranquila en mi alcoba.
¿Y mi padre?

                    No seas boba:
el pobre no sabe nada
y piensa de buena fe
que su esposa va á rabiar.

INES. Le estamos dando un pesar...

LEAND. Aunque un susto se le dé
que lo sufra resignado
en gracia á las desazones
que nuestros dos corazones
en la ausencia se han pasado.

INES. No comprendo la intencion
tuya.

LEAND.   Mi proyecto es obvio:
trato de espantar al novio
y que huya sin dilacion.
¿Quién se atreve á emparentar
en una ocasion tan crítica
que está una madre política
en vísperas de rabiar?
¿No lo comprendes, Inés?

Á ninguno le extrañara
el que una suegra rabiára
si esta rabiase despues:
pero ántes del matrimonio
que se presente hidrofóbica
es una boda diabólica
que no acepta el más bolonio.
No te parece!

Ines.   Sí tal.
Mas se me ocurre otra cosa
que por lo rara y graciosa,
hace el caso más formal.

Leand. Dímela, pues.
Ines.   No que no.
Leand. ¿Qué es lo que se debe hacer?
Ines. Pues nada, hacerle creer
que la rabiosa soy yo.
Sublime: brava ocurrencia.
Lucido el futuro está.
Se va á volver á Alcalá
sin tren y sin diligencia.
Dame esa mano, mi Inés,
que en ella mi afan mitigo.
(Besándole la mano.)
Cuidado.
    Nadie es testigo
de esta pasion que en mí ves.
¡Oh modelo de inocencia,
y cuán inocente eres!
(Beséndole la mano.)
Ines. Como todas las mujeres...
Todo es cuestion de apariencia.
Leand. Asi me gustas, así.
¿Te acuerdas de aquella tarde
que tembloroso y cobarde,
bella Inés, te conoci?
Al lanzar su último rayo
del sol el ardiente disco,
te vi junto al obelisco
que llaman del Dos de Mayo?
Cuatro meses hará ya
que allí con tu madre fuiste...

        ¡Qué bella me pareciste,
        y qué fea tu mamá!
        Tú, ruborosa y tranquila,
        reclinada en el ramaje...
        Aún recuerdo vuestro traje.
        Tú, verde, tu madre, lila.

INES.   El tuyo humilde y sencillo
        recuerdo con precision...
        ¿Sí?
              Manteca el pantalon,
        y *sobre-todo* barquillo.
        Aunque era escasa la luz
        sé sus pelos y señales...

LEAND.   (Me costó noventa reales
        en la calle de la Cruz!)
        Lo recuerdo cé por bé.
        ¿Por qué te fijastes, dí,
        no recuerdas que tosí
        y que luégo estornudé?
        ¿Y que te ruborizaste,
        y luégo te sonreiste,
        y luégo tambien tosiste
        y tambien estornudaste?
        Por eso tu amor no dudo,
        pues tengo la conviccion
        que nació nuestra pasion
        de una tos y un estornudo.
        Y ante esa prueba segura
        sé que nuestro amor cuitado
        es un amor... constipado,
        que sólo el cura lo cura.

INES.   Leandro!
LEAND.   Inés!
INES.   Qué emocion!
        Mi amor raya en fanatismo.

LEAND.   ¡El mio es un sinapismo
        que llevo en el corazon!
        ¡Una sustancia inflamada
        que me abrasa en loco anhelo
        el cerebro, el cerebelo
        y la médula oblongada.
        ¡Grabado sobre el frontal

llevo tu rostro bendito,
y en el pericardio escrito
tu nombre espiritual!
¡Y he de dejar que imprudente
otro me robe la calma?
¡Primero me rompo el alma
contra la esquina de enfrente!

INES.　　　¡Álguien llega!
LEAND.　　　　　　　　Más no arguyo.
INES.　　Cuatro meses te idolatro.
LEAND.　　¡Cuatro meses!
INES.　　　　　　¡Cuatró!
LEAND.　　　　　　　　　　¡Cuatro!
INES.　　¡Siempre tuya!
LEAND.　　　　　　　¡Siempre tuyo!

ESCENA X.

LOS MISMOS, ANTONIA, foro derecha.

ANT.　　Señorita...
INES.　　　　　　¿Qué?
ANT.　　　　　　　　　Ahí está.
　　Á su padre no ha encontrado
　　y viene desesperado.
LEAND.　　　　　　　　Quién?
ANT.　　El novio de Alcalá.
INES.　　Que pase.
ANT.　　　　　　Voy al momento. (Váse.)
INES.　　Conque á fingir el papel.
LEAND.　　¡Bravo!
INES.　　　　　　Ahí te dejo con él.
LEAND.　　Que Dios ampare mi intento.
　　Entreten á tu mamá
　　mientras preparo al futuro.
INES.　　No pases por eso apuro.
　　Voy corriendo.
　　(Váse foro izquierda.)
LEND.　　　　　　Aqui está ya.

ESCENA XI.

LEANDRO, á poco LESMES, con maleta y varios líos.

LEAND.   Tiene de necio el cariz. (Al foro.)
           Se acerca, el peligro crece.
           El enemigo parece
           por la traza un infeliz.

LESMES.   Buenos dias! ¿No hay aquí
           nadie? (Hablando muy fuerte.)

LEAND.   (Con misterio.) ¡Chist!... No grite usted...

LESMES.   Pero?...

LEAND.   ¡Haga usted la merced!

LESMES.   ¿Pero hombre?...

LEAND.   (Tapándole la boca.) No grite así.

LESMES.   ¿Que no grite? Pues qué pasa?
           ¿Quién es usted? Ya me altera...

LEAND.   ¡Chist! ¡Soy el de cabecera!

LESMES.   ¿Qué?

LEAND.   El médico de la casa.

LESMES.   ¿El médico?

LEAND.   Sí señor.

LESMES.   ¿Pues qué ocurre?.

LEAND.   Casi nada.
           ¡Lesmes, ha hecho usté su entrada
           en el templo del dolor!

LESMES.   Pues á mí nada me duele
           por hoy.

LEAND.   Ya le dolerá.
           ¡Vuélvase usted á Alcalá
           sin que nadie lo recele!

LESMES.   ¿Qué dice usted?

LEAND.   ¿Qué, qué digo?
           ¡Que huyó para usted la calma!
           ¡Que vaya usté abriendo el alma
           para un gran pesar, amigo!

LESMES.   ¿Que abra yo el alma á un pesar?
           ¡Pero hombre!...

LEAND.   Son frases ciertas.

LESMES.   ¿Qué pasa?

LEAND.   ¡Abra usted sus puertas!

LESMES. ¿Mis puertas?

LEAND.   ¡De par'en par!
¡Abra usted su pecho airado!
¡Ábrale usted!
                    ¡Loco estoy!
¿Hombre, no ve usted que voy
á coger un constipado?
¡Se trama un complot supino!
Dios protege la inocencia,
por eso la Providencia
le coloca en mi camino.:
Soy hombre de sentimiento
y dejarle á usted morir
no lo puedo consentir.
(¡Yo tampoco lo consiento!)
Usted está equivocado
y me confunde con otro.

LEAND.   ¡La víctima está en el potro!

LESMES. ¡Si yo jamás he montado!
Así el asustarme ahorra,
que no soy yo de seguro
el que...

LEAND.   ¿No es usté el futuro?
¿No es usted Lesmes Camorra?
¿No es usté el único hijo
de su padre?

LESMES.   Sí á fé mia.

LEAND.   ¿No tiene usted una tia?

LESMES. Sí; doña Clara Botijo.

LEAND.   ¡Pues entónces, desdichado,
tiemble usted! (Con mucho misterio.)

LESMES.   ¿Qué terrible?

LEAND.   Sí:
que harto sé que viene aquí
al martirio destinado.

LESMES. Hombre, venir á casarse
no es arrojarse á un abismo,

LEAND.   ¡Pues para usted es lo mismo
que venir á suicidarse!

LESMES. ¡Pero quiere usted hablar,
hombre, y no volverme loco!

LEAND. ¡Don Lesmes, me falta poco
para romper á llorar!

LESMES. Ya llorará usted despues,
explíqueme usted primero...

LEAND. ¿Lo quiere usted? (Con misterio.)

LESMES.   Sí; lo quiero.

LEAND. ¡Lesmes, huya usted de Inés!

LESMES: ¡De Inés! Hombre, por favor,
si es guapa, amante y sincera...

LEAND. ¡No presume usted siquiera
lo que esconde en su interior!

LESMES. Me pone usté en un apuro...
¿Que Inés esconde?...

LEAND.   Si á fe.

LESMES. ¡Lo que esconde no lo sé
pero hombre, me lo figuro!
Sé que es honrada y es buena.
¿Pero qué le ha sucedido?
Ya me encuentro conmovido...

LEAND. ¡Inés está en cuarentena!

LESMES. ¿Ella? ¡Destino adversario!
¡Ella! ¿Y cómo le pasó?...

LEAND. Como siempre sucedió:
un descuido involuntario.

LESMES. ¿Un descuido?... Bien lo entiendo.

LEAND. Ya se enterará despues...

LESMES. ¿Y cuándo dió á luz Inés?

LEAND ¡Hombre, qué está usted diciendo!

LESMES ¿No está en cuarentena?

LEAND.   Sí.

LESMES. Entónces la cosa es obvia.

LEAND. ¡Cuarentena de hidrofobia!
¿Lo entiende usted?

LESMES.   ¡Ay de mí!
¿Y anda suelta?

LEAND.   Sí señor.

LESMES. ¡Suelta!... ¿Y no lleva bozal?...
¡Abur, que me siento mal!
(Haciendo medio mutis.)

LEAND. ¡Señor Camorra, valor! (Deteniéndole.)

LESMES. Valor?... Valor?... Si no puedo.
¡Déjeme usted que me asombre!

LEAND. ¿Don Lesmes, no es usté un hombre?

LESMES. ¡Un hombre... con mucho miedo!
¿Y hace mucho tiempo?...

LEAND. Un mes.

LESMES. ¡Y el padre nada me dijo!

LEAND. Quiere casarla, de fijo,
porque así se cura Inés.

LESMES. ¡Y á mí pescarme querían?

LEAND. Mujeres hay que han rabiado,
y si se hubieran casado
de fijo no rabiarían.
Esto la ciencia lo sabe
y no lo ignora don Pio,
y...
Ya comprendo... ¿Dios mio,
habrán echado la llave? (Mirando hácia el foro

LEAND. El secreto me encargaron:
oro á espuertas me ofrecieron...

LESMES. ¿Es decir que me vendieron?

LEAND. Pero á mí no me compraron.

LESMES. ¡Y yo llego de Alcalá
y les traigo mil regales!...
¡Merezco doscientos palos!
Buen premio el suegro me da.
¡Yo, que en pago al homicidio
que intenta por medios ruines,
le traigo seis calcetines
que mandé hacer en presidio!
¡Yo, que en mis dichas frustradas
traigo los bolsillos llenos
con cuatro libras lo ménos
de almendras garrapiñadas!
¡Y de retorta una pieza!
¡Y de plata un medallon!...
¡Y unas lígas!... ¡Y un melon
más grande que mi cabeza!
Pues ya está usted prevenido:
yo con mi deber cumplí.

LESMES. ¡Gracias!... Siempre verá en mí
un amigo agradecido.

LEAND. Ellas se acercan.

LESMES. ¡Horror!

¿Inés tambien?

LEAND.   Tambien ella. (Al foro.)
Y qué lástima, tan bella...

LESMES. ¡Muy bonita, si señor! (Al foro.)
Yo me escurro.

LEÁND.   Espere usted.
No hay cuidado por ahora.

LESMES. ¡Ampáreme protectora
la Vírgen de la Merced!
¿como salír de este encierro?

LEAND. Yo quedo aquí.

LESMES.   Se agradece.
¡Mire usted, si hasta parece
que tiene cara de perro!

ESCENA XII.

LOS MISMOS, INÉS y MAGDALENA.

MAGD. Lo ves tú, si ya está aquí
don Lesmes. (Yendo hacia él.)

LESMES.   (¡Ay Santa Bárbara!)

LEAND. (No tenga usted miedo.)

LESMES.   No:
¡Cá! si es prudencia. Que pálida
y qué ojerosa.)

LEAND.   (Los síntomas.)

INES. Vamos: está usté en su casa.
Acerquese usted.

LESNES.   Si... voy...

MAGD. Siéntese usted.

LESMES.   ¡Muchas gracias!...

INES. ¿Y papá?... Salió á esperarle..,

LESMES. Pues... no le he visto.

MAGD.   Me extraña,

LESMES. (Esta me muerde, de fijo.)

INES. ¡Ay! (Dando un salto.)

LESMES.   ¡Canario!

MAGD.   ¿Qué le pasa?

LESMES. Nada... que... soy tan nervioso...
(¡Jesucristo qué miradas!
¿Doctor, estaré seguro?)

LEAND.   (No mucho.)
LESMES.   (¡Horror!)
MAGD.   Vaya, vaya,
don Lesmes... digo, mi yerno:
mi hijo político...
LESMES.   (Ganas
me están dando de largarme
sin decir una palabra.)
MAGD.   ¿Y usted, doctor, no se sienta?
LEAND.   Yo me voy.
LESMES.   (¡Cristo me valga!
Pues yo no me quedo solo...)
(Haciendo ademan de levantarse.)
MAGD.   ¿Qué es eso, Lesmes, se marcha?...
LESMES.   No... me estaba acomodando...
INES.   Acerque usted la butaca...
LEAND.   Hasta luégo: adios, amigo.
MAGD.   Abur, doctor.
LESMES.   (Suerte ingrata!)
LEAND.   (No se case usted!)
LESMES.   (¿Casarme?...
¡Primero me fusilaban!)
(Váse Leandro, haciendo una seña á Inés y son-
riéndose.)

ESCENA XIII.

INÉS, MAGDALENA y LESMES.

INES.   (Qué cara de miedo tiene.)
LESMES.   (Tiene furiosa la cara.)
INES.   (Es un tipo original.)
MAGD.   Pero Lesmes, usted no habla?...
LESMES.   Sí... señora,.. pero... el polvo
del camino... la garganta...
MAGD.   Sí, comprendo: vaya, niña,
dale tú un vaso de agua.
LESMES.   ¡No, no, que no se moleste!...
(Sin dar tiempo á que Inés se levante.)
(Si se me acerca, me araña.)
INES.   (Vaya una cara .. ¡Já! Já!)

LESMES. (Adios: la risa sarcástica
nerviosa... ¡Á tí me encomiendo
abogada... de la rabia!)

MAGD. ¿De qué te ríes?...

INES. Del chasco
de papá.

LESMES. Sí... tiene gracia... (Pausa.)

MAGD. ¿Y Alcalá?...

LESMES. Pues... Alcalá...
está... lo mismo que estaba.

MAGD. Tan bonito...

LESMES. Muy bonito...
(¡Ay, quién allí se encontrára!)

MAGD. Pues: y usted habrá sentído
dejarlo...

LESMES. Con toda el alma!...

INES. ¿Cómo?...

LESMES. No... quiero decir...
digo... pensé que... pensaba...

MAGD. Y su padre?...

LASMES. Tan robusto.

MAGD. Su pobre tia? ..

LESMES. Tan guapa...

MAGD. Cómo! ¿Pues no se murió?...

LESMES. Sí... es verdad... (Estoy en babia.) (Pausa.)

MAGD. Aquí hace un calor!...

LESMES. ¡Horrible!

MAGD. Que los pájaros se abrasan.
Está usted sudando. Dale
el abanico, muchacha.

LESMES. No: si no tengo calor.
(Sin permitir que Inés se levante.)

INES. Tome usted... (Sin levantarse.)

LESMES. Si es que me agrada
el sudar... y sudo siempre...
(que tengo la gran jindama.) (Pausa.)

MAGD. ¿Trae usted todos los papeles?...

LESMES. ¿Papeles? Sí: *La Mañana*...
La Correspondencia...
(Sacando los dos periódicos.)

MAGD. Yo
me refiero á los de marras.

LESMES. Los de marras?
MAGD. De la boda.'
LESMES. ¡Ah! sí, sí... No me acordaba.
INES. ¡Cómo! ¿No se acuerda usted?
(Levantándose muy incomodada.)
LESMES. (¡Al cabo metí la pata!)
Sí... pues no me he de acordar...
MAGD. Está claro, si le ama...
Está visto que mi esposo
siempre ha de ser un Juan-lanas.
¡No encontrarle!... ¿Qué habrá dicho
usted?
LESMES. Yo no he dicho nada.
MAGD. Han llamado; será Pío,
su papá en ciernes.
LESMES. (Te engañas.)

ESCENA XIV.

LOS MISMOS, PÍO.

PIO. (¿Habrá rabiado mi esposa?)
¡Uf, yo vengo echando el alma!
¡Lesmes! Abraza á tu padre.
Vamos, hombre, ¿no me abrazas?
MAGD. ¿Cómo no le has encontrado?
PIO. Eso digo yo, con tanta
gente no tiene de extraño.
¿Vamos, te parece guapa
tu futura?
LESMES. (Lo que es yo,
no hay más: toco retirada
y digo que no me caso...
y salga por donde salga!)
PIO. Ya está el negocio arreglado:
dados los pasos se hallan
y el matrimonio se hará
en esta misma semana.
¿Te parece?
LESMES. ¡No señor!
MAGD. (Levantándose.) ¿Cómo?
INES. ¿Qué? (Id.)

Lesmes.	(Valor y audacia.)
	¿Se piensa usted que yo vengo
	de arar ó sembrar patatas?
	¿Cree usted que llegué en el tren
	de las siete? Pues se engaña.
Pio.	Usté ha llegado en el tren
	corto de Guadalajara.
Lesmes.	¡Pues aunque el tren era corto
	mi nariz ha sido larga!
	¡Señor don Pío, ya he dado
	con el hilo de su trama, .
	y busque usted otra víctima
	ya que le hace tanta falta!
Pio.	¿Otra víctima?
Magd.	¡Don Lesmes!
Ines.	(Vamos, el asunto marcha.)
Lesmes.	Esa boda no es posible...
	¡No señor! Dios no lo manda,
	el que porque uno se salve
	otro se muera de rabia!
Magd.	¿De rabia?
Lesmes.	¡Sí: ó de hidrofobia!
Pio.	¿Sabe usted ya?...
Lesmes.	¡Por desgracia!
	¡Sé que su hija está propensa
	á rabiar!
Magd.	¡Qué es lo que habla!
Lesmes.	Sí señor!
Ines.	Á mí ese insulto!...
Pio.	Si es mi mujer la que se halla
	en ese caso!
Lesmes.	¡Qué horror!...
	¡Ya son las dos!... ¡Quién me salva!
Magd.	¡Señor mio, esa calumnia
	le va á usté á costar muy cara!
Ines.	¡Sí señor!
Lesmes.	¡No se me acerquen
	ó les tiro una butaca!
Magd.	¿Oyes esto, Pio?... ¡Mátalo!
Pio.	Si tiene razon sobrada.
Magd.	¿Cómo, tambien le defiendes?...
	¡Ahora verás!...

Lesmes y Pío. ¡¡Que nos matan!!

(Inés y Magdalena corren detrás de Pío y de Lesmes.)

ESCENA XV.

LOS MISMOS, LEANDRO.

Leand.   ¿Qué es eso! ¿Qué ha sucedido?

Lesmes.   ¡Gracias, caballero, gracias!
Usté me ha salvado. ¡Abur!

(Cogiendo la maleta y los líos.)

Pío.   Se va usted?

Lesmes.   ¡¡Hasta la pascua!!

(Váse corriendo por el foro derecha.)

Magd.   Se fué! Tú las pagarás!

Pío.   Doctor, doctor, que se exalta.

Magd.   ¿Que yo rabio? habrá menguado!

Leand.   Don Pío, aquí nadie rabia
sino yo, que estoy rabiando
de amor por mi Inés del alma.

Pío.   ¿Cómo!

Magd.   Qué?

Pío.   Será posible?

Leand.   Para ahuyentar de esta casa
al futuro de Alcalá
inventamos esta trama
suponiendo la hidrofobia.

Pío.   Y la perra?

Leand.   Buena y sana.

Magd.   ¡Jesús!... ¿Se habian pensado?...
¿Por eso los asustaba!

Pío.   ¡Ay, se me ha quitado un peso
de encima.

Leand.   Inés me idolatra.

Magd.   ¿Es cierto?

Ines.   Sí que lo es

Pío.   ¡Miren la gatita mansa!...

Leand.   En gracia de nuestro amor
perdon imploro á sus plantas.
¡Caballero, yo debia
castigar!...

3

INES.	¡Mamá del alma!
MAGD.	Os perdono.
Pío.	(Por supuesto, don Leandro, que si se casa se lleva usté á mi mujer?...
MAGD.	¡Digo, y qué disimulada supiste ocultarlo todo.
INES.	Soy mujer.
Pío.	Pues... y eso basta. (Lo que es á este si le estorba á recetas me la mata.) ¿Y don Lesmes?... Já, já, já! Es un simplon.
LEAND.	Es un mandria.
MAGD.	Qué dirá!...
Pío.	Por mí que diga lo que le diere la gana. ¿Pero hombre, está usted seguro que la perra no rabiaba?
LEAND.	No he de estarlo?
MAGD.	Y dónde está?
LEAND.	Dónde ha de estar. En mi casa.
MAGD.	Antonia?

ESCENA XVI.

LOS MISMOS y ANTONIA.

ANT.	Qué manda usted?
LEAND.	Sube la perra. (Váse Antonia.)
MAGD.	¡Que flaca estará.
LEAND.	No, no señora: que está tan gorda y tan guapa.
MAGD.	De veras? Hoy me la como á besos.
Pío.	¡Si hoy no me sangran... me va á dar sarampion!
LEAND.	Aquí traigo preparada .a lanceta
Pío.	(Guárdela,

            que puede que le haga falta.)
            (Ap. y señalando á Magdalena.)
            Hombre, va á decir el público,
            con razon harto fundada,
            que no sale el argumento.
PIO.   No te apures, que eso pasa
            en muchas obras que vemos
            de mucha más importancia,
            Casaos y sed felices.
LEAND.   Papá! (Abrazándole.)
INES.   Papá.
PIO.   Vaya, vaya:
            menos abrazos y á ver
            si esos señores se ablandan
            diciéndoles cuatro versos
            como fin de la jornada.
            (Adelantándose al público.)
            No nos juzgues con rigor
            tras de tanto padecer!...
            ¡Un aplauso por favor,
            si no por nosotros por
            LA PERRA DE MI MUJER!

                    FIN DEL JUGUETE

Milton Keynes UK
Ingram Content Group UK Ltd.
UKHW022134290424
441966UK00003B/81